AF585955

Extrait des Mémoires de l'Académie impériale des Sciences de Toulouse.

ÉTUDE

SUR LES COMPARAISONS EMPLOYÉES PAR DANTE DANS SA DIVINE COMÉDIE,

Lue dans la Séance du 20 mars 1858 ;

Par M. FLORENTIN ASTRE.

L'un des biographes du premier des poëtes de l'Italie, en terminant le catalogue des éditions et la liste des commentaires ou des autres ouvrages écrits sur la Divine Comédie, s'est écrié : « Après tant de travaux, après cinq siècles, il y a encore à dire sur le Dante (1). »

On pourrait répéter et assurer aujourd'hui ce qui a été proclamé à l'aurore de cette vive recrudescence d'étude et d'admiration qui environne le Poëte Florentin. Est-il vrai qu'après ces glorifications du XVe et du XVIe siècle ; après l'établissement de ces chaires publiques où s'asseyaient d'habiles professeurs, de savants écrivains, pour lire, expliquer et commenter l'illustre auteur, les siècles suivants ont été peu attentifs à cette voix qui avait redit les choses de l'Enfer, du Purgatoire et du Paradis, qu'ils en ont méconnu les sublimes accents? Est-il vrai que l'Italie elle-même a, pendant un temps, négligé, jusqu'à l'injustice, celui qui a le plus contribué à sa gloire poétique? Malgré les doutes, admettons la réalité de ces accusations ; il n'en est pas moins évident que, de nos jours, une réaction immense s'est opérée ; que, comme toutes les réactions, elle a été poussée à l'extrême. Elle serait infinie la nomenclature de ceux qui, à divers titres, sous les rapports les plus différents, ont fait ou font encore de la Divine Comédie et de son auteur l'objet de

(1) Balbo, *Vie du Dante.*

leurs recherches et de leurs travaux : pourtant il y a toujours à dire.

La vie entière de Dante, les moindres épisodes de son existence si agitée, ses opinions religieuses, politiques ou autres, sa pensée intime et première, apparente ou cachée, ont été examinés, commentés, scrutés autant que les faits historiques, que les personnages ou fameux ou dès longtemps oubliés qui ont eu leur place sous la plume ou vengeresse ou rémunératrice de l'exilé de Florence. De là, en cédant à la folie de l'imagination, en faisant remonter dans le passé les préjugés, les idées, les aveuglements du présent, chacun de ceux qui exaltent ou qui déprécient (quand ils l'osent) l'œuvre dantesque, prêtent à son créateur des vues générales ou particulières qui vraisemblablement ne se sont jamais présentées à son esprit et à son cœur. Tour à tour on a fait de Dante un catholique fervent et plein de foi, et un ennemi non pas seulement des Papes, mais de la papauté; un partisan d'une monarchie absolue, et un républicain aristocrate; que sais-je encore? Sous le voile des allégories répandues dans ses beaux vers, on a cru découvrir qu'il avait été peut-être un hérétique précurseur des protestants du XVIe siècle, un illuminé de quelque secte secrète précédant celle d'un autre âge, enfin l'avant-coureur de ces doctrines néfastes que la société voit maintenant s'attaquer à ses institutions les plus chères, aux conditions les plus vitales de son existence et de sa durée.

Prise dans sa contexture, dans son ensemble ou ses détails, la Trilogie de Dante a suscité et suscite une grande diversité, une extrême variété d'appréciations et de jugements. Là où l'admirateur passionné a vu l'unité de la pensée et de l'exécution jusque dans la multiplicité de l'action, la succession des épisodes et des descriptions; des critiques plus exigeants n'ont voulu voir qu'une suite de tableaux se succédant à peu près sans ordre et sans dessein, selon qu'ils se sont offerts à l'imagination ou au caprice de l'inventeur. Ces tableaux en eux-mêmes, on le concède, pleins des plus admirables beautés, vivront à jamais, malgré l'incertitude et le décousu de la composition, les obscurités, les incohérences, les rêveries de ce que le fécond écrivain qui a entrepris de populariser la Littérature par des entretiens mensuels, souvent faits pour étonner, déclare n'être « qu'une apocalypse de génie rêvée dans Patmos et écrite dans » Florence, par le saint Jean du moyen âge, avec la plume de » l'aigle toscan (1). »

Malgré l'éclat éblouissant et par trop exubérant de la forme de la sentence, l'appréciation au fond n'est pas de nature, je le crois, à calmer de légitimes et patriotiques susceptibilités déjà soulevées ; surtout quand elle est sortie de la plume un peu oublieuse de celui qui écrivit jadis que « Dante semblait le poëte de notre époque... qu'elle se réfléchissait elle-même en lui... » Axiome qui aurait eu aussi besoin de quelque démonstration.

Mais enfin, à travers ces variations, au milieu de ces commentaires, de ces controverses qui seront interminables, parce que le poëme auquel s'est irrévocablement attachée l'épithète de « Divin » sera immortel ; il est des points qui sont pour tous hors de discussion.

Ainsi l'on est d'accord pour reconnaître unanimement que la Divine Comédie reproduit ce caractère encyclopédique qui appartient aux grands poëmes de l'antiquité ; qu'elle est le miroir fidèle des mœurs, des croyances, des passions du temps qui l'a vue naître ; qu'elle embrasse dans ses événements, dans ses erreurs, dans sa science, dans ses connaissances de toute espèce, son siècle tout entier, que même elle sut ou corriger ou devancer ; qu'elle est la base créatrice d'une langue nouvelle ; qu'enfin si ce poëme n'excite plus, comme au moyen âge et dans des âmes trop refroidies pour la foi, des sentiments d'amour et de terreur, il nous émeut et nous transporte toujours par les beaux vers. « Car, » a dit le premier de nos critiques, je pense un peu comme les » commentateurs de Dante, je le trouve partout admirable pour » le génie de l'expression. Ses fautes, ses inégalités ne sem-

(1) Lamartine, 20me *Entretien littéraire*. — Et voy. la *Revue des Deux Mondes du mois d'octobre* 1841, tom. 28, pag. 133. — Article de M. Labitte.

» blent pas altérer l'originalité puissante et continue de son » style (1). »

Ici les dissensions se taisent; à peine quelques réserves sont-elles faites, quelques reproches sont-ils maintenus. Si l'on conteste encore que Dante ait composé un poëme vraiment épique, comparable ou non, dans l'ensemble de la composition, à l'Iliade, à l'Enéide, à la Jérusalem délivrée, etc.; on avoue partout qu'il a employé un style à la hauteur de l'œuvre la plus sublime en ce genre; la discussion cesse et les louanges sont intarissables.

Parmi les mille et mille détails de ces beaux vers, où, suivant Ginguené, « on voit agir et se mouvoir chaque personne, » chaque objet que le Poëte a voulu peindre, où l'énergie des » expressions frappe et ravit, leur pathétique touche quelquefois, leur fraîcheur enchante, leur originalité donne à chaque » instant le plaisir de la surprise... On est surtout arrêté à » chaque instant et presque toujours charmé par des comparaisons fréquentes, ordinairement très-courtes, quelquefois » pourtant de longue haleine et arrondies comme celles d'Homère; tantôt nobles et relevées, tantôt communes et prises » même des objets les plus bas, toujours pittoresques et poétiquement exprimées; présentant un nombre infini d'images » vives et naturelles, et les peignant avec tant de vérité qu'on » croit les avoir sous les yeux (2). »

« Depuis Homère, peintre si admirable des champs et de la » vie domestique, ajoute M. Villemain (3), il n'y a eu que le » Dante qui fût à la fois si créateur et si vrai. Jamais on n'a » rendu tous les objets de la vie champêtre avec ces expressions » que l'on appelle basses dans une littérature artificielle et qui » ont le mérite d'être nécessaires. »

L'éminent critique cite à l'appui quelques-unes de ces comparaisons.

---

(1) M. Villemain, *Tableau de la Littérature au moyen âge.*

(2) Ginguené, *Histoire littéraire d'Italie*, tom. II, pag. 260.

(3) Voy. *loc. cit*

M. Lamartine à son tour, dans son vingtième Entretien, dont on aimerait à voir modifier bien des lignes, cite certaines comparaisons des plus connues, en consentant à s'extasier sur les beautés particulières du poëme, qui n'est, à son avis, qu'un « Monument de style. »

Mais il faut le dire, il en est des détails de ce « Monument de style » comme du poëme lui-même. Quelques chants de l'Enfer sont connus peut-être en entier; quelques épisodes surtout sont lus, répétés, produits partout; le reste, bien que déclaré sans tache par les fidèles admirateurs, est, hors de l'Italie, délaissé à l'étude et à la curiosité littéraire de ceux qui aiment et cultivent la langue harmonieuse où résonne le *Si*.

Dans leurs analyses ou rapides ou plus soignées, ces critiques ou littérateurs qui viennent d'être nommés, ne voulant donner qu'une idée générale du poëme qu'ils avaient, eux sans doute, profondément étudié, se sont contentés d'indiquer ou de traduire quelques-unes des plus belles comparaisons parmi celles qui fourmillent dans la Divine Comédie. Mais on est loin de connaître le poëme de Dante, quand on a lu l'épisode si touchant de Françoise de Rimini, le récit épouvantable des douleurs et de la mort d'Ugolin et de ses enfants; de même on est loin d'avoir montré tout ce qu'il y a de merveilleux et d'étonnant dans les comparaisons dont s'est servi Dante, lorsque l'on désigne simplement les meilleures; ou lorsque, à travers les éclats bruyants d'une admiration un peu factice sur le style, l'on a rappelé celles qui sont prises des Brebis, des Colombes ou de l'Arsenal de Venise.

Si, à l'exemple d'Homère, dont le nom est également inséparable de l'épithète de « Divin, » Dante s'est plu souvent à emprunter ses comparaisons aux objets champêtres et à la vie des champs, il a puisé encore, à pleines mains, dans le vaste répertoire de ses souvenirs, dans l'universalité de ses connaissances acquises, ou dans les trésors de ses études et de ses méditations, pour en faire sortir à chaque instant les comparaisons les plus exactes et les plus inattendues. Dans ces rapprochements, ou simples similitudes, ou comparaisons décidées, on retrouve des preuves nombreuses et manifestes du caractère encyclopédique de l'œuvre qui a été si justement remarqué. Dante n'a pas pu, sans doute, se mettre tout entier dans cette partie de son style; mais il y a prodigué ce qu'il savait dans les proportions que comportait le retour si nombreux de ces figures. L'examen attentif et plus approfondi de toutes les ressources dont le Poëte s'est servi par voie de comparaison, a semblé pouvoir fournir le sujet d'un exercice purement littéraire, dégagé de tout autre aperçu et ne sortant pas de ses considérations naturelles.

Il va de suite qu'il ne s'agit pas de relever les vers du poëme où un sens métaphorique quelconque emporte avec lui une sorte de comparaison; les passages de ce genre seraient innombrables. Tels seraient, par exemple, ce début du deuxième chant du Paradis, où le Poëte voguant, dit-il, sur son hardi navire, engage les téméraires à ne point se hasarder après lui sur les eaux qu'il va parcourir; le passage encore du cinquième chant du Paradis, où Béatrix veut que son protégé reste assis à table, parce qu'elle veut l'aider à s'assimiler mieux les mets célestes qu'elle lui a offerts; et cet autre passage du vingt-troisième chant, où saint Bernard se plaint que, par suite du relâchement religieux de son ordre, les couvents sont devenus des cavernes et les capuchons ne sont plus que des sacs de mauvaise farine; enfin cette expression si pittoresque jetée dans l'Enfer à celui que dévore la soif et qui envie, lui dit-on, le plaisir « de lécher le miroir de Narcisse. »

Mais en laissant tout ce qui, même en s'en rapprochant, n'est ni similitude expresse, ni comparaison positive, il reste à faire une grande récapitulation, une sorte de statistique de poésie, et comme une classification des sources auxquelles ont été cherchées les choses et les idées assimilées ou comparées.

Souvent énoncées dans un vers seul ou dans une fraction de vers, les comparaisons, ou plutôt alors les similitudes ne sont que l'indication passagère d'un simple rapport de conformité, ou au contraire, d'un contraste et d'une opposition. Ce trait rapide illumine la pensée exprimée; mais il passe aussi vite, aussi éblouissant que l'éclair, que la foudre, ce feu du ciel dont le poëte aime tant à retracer les effets redoutables ou merveilleux.

Quelques-unes même seraient difficilement classées, tout expressives qu'elles sont :

Telles seraient les similitudes que je citerai pêle-mêle : d'un poteau planté à rebours, d'un tonneau défoncé, d'un brisoir égalé par la bouche de Satan, des larmes glacées formant une visière de cristal, d'un grand bruit imitant une chasse entendue de loin, de la taille d'un géant, d'un moulin vu à travers le brouillard, d'un sentier où ne passerait pas une chèvre, d'un chemin coupé à franchir, d'un anneau juste au doigt, d'un arc tricorde, d'un fleuve en ses détours, ou remontant vers sa source, ou haussant et baissant suivant le temps.

Plus étendues et plus largement faites, mais présentant les mêmes caractères, les comparaisons s'étendent en un nombre indéterminé de vers; soit un, deux ou plusieurs de ces tercets dont se compose le poëme. Il en est qui sont nettes et claires, dont l'application est évidente par elle-même. Il en est qui procèdent par allusions aux choses et aux faits dont le Poëte veut avoir des analogies ou des oppositions, et qu'il fait comprendre par un moyen détourné; le sens est moins exprès que sous-entendu. Plusieurs des comparaisons tirées de la mythologie sont souvent dans ce cas.

Il en est d'autres qui ont un sens métaphysique et abstrait, ou par elles-mêmes, ou par l'application qui en est faite;

Telles sont celles que fournissent les charbons, une balance trop chargée, la bête qui se tient dans son antre, l'animal dont les mouvements se trahissent sous la couverture qui l'enveloppe, enfin, les paraboles de l'Evangile.

Puis, quelques-unes et des plus longues affectent une forme descriptive tout à fait prononcée;

Telles sont celles qu'excitent la vue d'une campagne étincelante des feux du soir, les cataractes de l'Aquacheta, les fureurs d'Athamas, la naissance du jour, etc.

Quant aux sources qui en ont donné le sujet, ce sont l'astronomie, l'histoire naturelle dans toutes ses branches, les arts et l'industrie, les faits historiques, la géographie, la médecine, la musique, les mœurs et les usages, la mythologie, la physique et la métaphysique, les sciences mathématiques, la physiologie, la philosophie et l'analyse la plus pénétrante des sensations, des sentiments les plus intimes de l'âme humaine : donc tout se presse et s'étale sur les murs splendides de ce monument de style.

Il serait malaisé de produire ces détails si multipliés dans un résumé fidèle, et de ne rien omettre ; car on peut compter, dans l'Enfer, cent cinquante comparaisons environ, cent soixante au moins dans le Purgatoire, deux cents et plus dans le Paradis.

Dans ce nombre total qui dépasse cinq cents, on en distingue cent cinquante à peu près qui remplissent un tercet et forment une comparaison complète; près de cinquante qui, dépassant ces tercets, vont jusqu'à neuf, douze et quinze vers. C'est dans celles-ci surtout qu'éclate tout le luxe de la poésie et de la description.

On remarquera aussi, par suite de la progression en nombre dans chacune des trois parties de la Trilogie, que lorsque Dante, comme il le dit en commençant le second cantique, a dressé sa voile pour courir sur de meilleures eaux ; lorsqu'il aspire à monter sur la double colline du Parnasse, ainsi qu'il le demande au dieu des vers, au début du Paradis, a paré son style, de plus en plus, pour le soutenir à la hauteur de sa marche ascendante vers le trône de l'Eternel.

Ne serait-il pas superflu d'observer que dans chacune de ces trois parties, les comparaisons se ressentent de la route que le Poëte a suivie au travers des horribles supplices de l'Enfer, parmi les douleurs que l'espérance adoucit sur la montagne du Purgatoire, au milieu des joies ineffables et des triomphes du Paradis? Elles s'élèvent avec le sujet et participent de la nature des lieux parcourus. Ce n'est pas à dire qu'il n'y ait, dans le second et le troisième cantique, de ces comparaisons un peu communes, basses, ou triviales ; car, à moins d'être possédé de ce fanatisme sciemment aveugle qui ne veut voir que des beautés dans un auteur de prédilection, on est forcé de reconnaître, là comme ailleurs, ces inégalités bien pardonnables, auxquelles nul génie humain n'a échappé. Homère lui-même ne s'est pas soustrait aux influences de ce sommeil inhérent à la nature humaine, et que nous tenons tous comme un legs de notre premier père Adam, ainsi que Dante le dit.

Mais pour ces courts moments d'abandon et de faiblesse, combien d'heureuses compensations venues de tous côtés!!!

Qu'ils volent dans les airs, rampent ou marchent sur la terre, s'agitent ou se jouent au sein des eaux, les animaux de toute espèce contribuent aux magnificences des vers par leurs mœurs ou douces ou cruelles, leurs instincts féroces ou paisibles, les habitudes qu'ils tiennent de la nature, ou qu'ils ont reçues de l'éducation.

Au fond des cercles de l'Enfer, le long de ces fleuves et de ces marais effroyables où sont horriblement torturés les damnés, Dante se souvient des reptiles coassant, sortant de l'eau et s'y rejetant pour fuir leurs ennemis, des poissons tristement dépouillés de leurs écailles, de la loutre enlevée à son élément, du castor prêt à s'y replonger.

Sur ces tristes bords, il se souvient encore des chiens tourmentés par les insectes, ou furieux et aboyant aux mendiants, ou affamés et ne se calmant que pour engloutir leur proie; des chats méchants, jouant avec la souris venue étourdiment entre leurs griffes; du cheval qui s'effraie et tremble; du bœuf léchant ses naseaux; des béliers cossant entre eux; du porc qui s'élance en grognant hors de son étable. Là, si le lézard court avec la rapidité de l'éclair, l'escargot y allonge péniblement ses cornes; les serpents se glissent sous l'herbe, et leur effrayante multiplicité défie l'affreuse abondance des contrées qui en sont le plus infestées. Dans ces attitudes diverses, tous ces animaux sont pris sur le fait et peints, en quelques traits, avec la plus exacte vérité.

Au fond de cette atmosphère noire et chargée de vapeurs infectes, où une pluie de feu tombe comme la neige, Dante com-

2

pare à ce qu'il peut distinguer, les oiseaux se précipitant pour se prendre à l'appeau, ou toujours prêts à fuir par la peur. Il se rappelle qu'ils se livrent des combats cruels et sanglants, qu'ils étendent leurs vols en longues files, en claquant du bec, ou en faisant entendre des chants lugubres et plaintifs; que la chauve-souris n'a que des ailes étranges et sans plumes, et que si le Phénix renaît des cendres de son bûcher, ce n'est que pour recommencer sa douleur.

Autour de la montagne du Purgatoire, les souvenirs de Dante prennent déjà un autre cours. Lorsqu'il veut comparer, il rencontre parfois encore et des larves et des vers inféconds; la taupe avec ses yeux impuissants; le frelon avec son dard venimeux. Mais il cite aussi l'abeille bourdonnante et son instinct pour le miel; le merle séduit par le beau temps qu'il salue de son chant; le faucon s'enlevant pour la chasse et que l'œil suit à peine; la jeune cigogne essayant pour la première fois, hors du nid, la force de ses ailes; les grues se livrant gaiement à leurs manœuvres aériennes; les colombes s'ébattant à la picorée et la quittant à regret; les timides brebis sortant de l'étable une à une, à deux, à trois, se serrant les unes contre les autres, et ne sachant qu'imiter celles qui sont devant..... ou encore les noires fourmis, dans leurs courses affairées, se donnant ces communications muettes dont seules elles comprennent le sens et l'intérêt; puis enfin les bœufs marchant pesamment, attelés sous le même joug.

Ensuite, au milieu des lumières éclatantes du Paradis, de cet éther lumineux, environnant les âmes bienheureuses comme la soie entoure l'être qui en est chargé, le Poëte se rappelle que dans les airs embaumés des parfums dispersés par le zéphyr, les essaims d'abeilles vont butinant sur les fleurs; que l'alouette en chantant vole invisible et se complaît dans ses chants; que la colombe aime à se poser gracieusement auprès de sa compagne; que les oiseaux, cachés sous la feuillée, attendent les premières clartés de l'aurore pour contempler avec amour leurs petits, pourvoir à leur pâture, et qu'ils sont joyeux de l'avoir trouvée. Il nous montre les corneilles s'assemblant et se jouant en l'air dès le matin ; la cigogne toute à son amour maternel ; le faucon déchaperonné déployant son ardeur, et l'aigle seul fixant ses yeux sur le soleil.

N'omettons pas ici, malgré ce qu'il peut y avoir d'étrange dans le choix et dans l'application, ces poissons accourant à travers un limpide vivier, pour saisir l'appât qu'on leur jette. Et si nous retrouvons le troupeau de brebis revenant mal repues du pâturage par la faute de leur berger, reportons aussitôt nos yeux sur ce jeune agneau, qui ose un instant s'écarter de sa mère et mépriser sa féconde mamelle. Ces peintures, pleines de grâce et de poésie, enchantent toujours, en quelques lieux qu'elles soient placées.

Tant que nous marchons avec le Poëte dans les épaisses ténèbres de l'Enfer, il n'est pour lui et pour nous d'autres clartés que les sinistres lueurs de pâles éclairs par une obscurité visible et sans horizon. Sur la montagne du Purgatoire qu'il gravit par degrés, Dante parlera de l'obscurité d'une nuit chargée de nuages ; mais il nous découvre déjà les splendeurs du Ciel, malgré l'extrême éloignement où il est encore ; aussi la planète Mars, l'étoile polaire, le soleil à son lever, ou l'éclat même du Midi fournissent-ils là des sujets de comparaison.

Dès qu'il est entré au Paradis, Dante multiplie les souvenirs qu'il devait à ses études ou à ses observations astronomiques. Il précise les couleurs particulières aux planètes Jupiter et Mars ; le moment où survient la nuit toute émaillée des célestes flambeaux ; l'incertaine et première apparition des étoiles noyées dans la lumière du crépuscule, leur scintillation sur la voûte azurée, leur marche paraissant plus rapide vers le pôle, leur disparition devant l'aurore qui semble en augmenter l'éclat au dernier moment ; les étoiles filantes ; la forme et la stabilité des constellations, la voix lactée, la lune et son halo, ses influences, sa lumière argentée et sans rivale à la phase de son plein, pendant une belle nuit ; son opposition de quelques instants au bord de l'horizon avec l'astre du jour ; enfin le soleil, ou se levant pâle, mais dissipant aussitôt les vapeurs, ou sortant radieux de l'Orient, prenant sa course et forçant tous les yeux à se fermer sous sa puissante lumière. Ce sont là les phénomènes célestes, familiers au Poëte qui, sur plusieurs points, a anticipé sur les découvertes des temps venus après lui.

Lorsqu'il n'avait pas à porter ses regards si haut, ou lorsqu'il veut les ramener autour de lui sur la terre, Dante prouve qu'il était versé dans la botanique autant que dans les autres sciences naturelles. En outre de ce qui est visible pour tous, comme la couleur d'un grain de poivre, l'herbe naissant et mourant par la même cause sous l'action du soleil, la rose s'épanouissant sous les feux, la forme caractéristique de certains arbres, Dante avait observé de près, et il décrit par des nuances distinctes et rigoureuses le renouvellement des feuilles au printemps, leur chute à l'automne, la progression et la décroissance de leur verdure, le remplacement des anciennes par les nouveaux bourgeons, l'annonce de mort présagée par leur dépérissement ou par leur absence. Il avait même connu ou surpris des secrets que la nature n'a laissé dévoiler mieux que plus tard ; comme les antipathies des espèces d'arbres entre elles, le sommeil des plantes s'affaissant, et fermant leurs fleurs à l'arrivée de la nuit pour se relever et les rouvrir au retour de la lumière.

Dans la mémoire de Dante, se pressent avec les souvenirs des scènes où il avait été ou témoin ou acteur, comme la reddition de la garnison tremblante de Caprona, les faits de l'Histoire sacrée et de l'Histoire profane, mêlés avec les noms et les récits de la mythologie. Il faut même en convenir; pour cet amalgame que le goût du moyen âge faisait plus que tolérer, mais qui, en dépit de toutes les explications plus ou moins plausibles qu'on a voulu en donner, nous paraît désormais inadmissible, parce qu'il mettait confondus ensemble la vérité et l'erreur, les faits et les personnages des livres saints avec les dieux et les fables ridicules de l'Olympe, la part faite à ces derniers, pour les comparaisons, est plus considérable. Il semble que Dante a été entraîné, malgré lui-même, malgré son sujet tout chrétien, au milieu des mystères terribles de la foi, si peu susceptibles d'ornements égayés, à se faire pourtant, avec plus d'avantage, idolâtre et païen.

Toujours est-il que dans ce genre d'excursions, et en nous occupant exclusivement des comparaisons, nous retrouvons à peine comme souvenirs de l'histoire biblique, Elie et son char, Elisée et ses ours, Jephté et son vœu imprudent, David combattant son fils Absalon, Daniel et Nabuchodonosor, la famine et le sac de Jérusalem : puis, comme souvenirs de l'Histoire profane, les incidents des conquêtes d'Alexandre, la défaite des Romains à Cannes, les audaces de César, la mort de Roland, célèbre neveu de Charlemagne.

Dante, qui cependant possédait si bien l'Ecriture sacrée et les Pères de l'Eglise, pour ses comparaisons touche rarement, ce qui est encore remarquable, aux récits, aux leçons, aux sentences de l'Evangile, aux croyances chrétiennes. Tels sont les chants de gloire entendus par les bergers lors de la naissance du Sauveur; l'entretien de Jésus et de la Samaritaine, la Transfiguration, le moment suprême de la mort du Christ et la douleur de Marie au pied de la Croix, l'apparition du Ressuscité aux voyageurs; telles sont les paraboles de la semence jetée en un champ mauvais et mal préparé, de la vigne du Seigneur ; telle la Résurrection des morts.

Mais, en revanche, il y a entassé les noms et les fictions de la fable. Pour les premiers qui y apparaissent fugitivement, la liste serait des plus longues; pour les dernières, il suffira de citer les récits mythologiques qui y sont plus ou moins développés.

Tels sont Phaéton et sa chute du char qu'il fut impuissant à diriger, Pyrame et sa mort, Léandre et ses amours, la Sibylle et ses oracles, la peste d'Egine, Jason et ses voyages aventureux, Phalaris et ses cruautés, Athamas et ses fureurs, les enfants de Lycurgue et leur piété filiale, Achille et ses jeunes années, Agamemnon et sa fille Iphigénie, Hécube et ses infortunes.

A tout cela s'ajoutent rarement des souvenirs purement classiques; ne fût-ce que le combat du rat et de la grenouille, que le fabuliste a inséré dans ses apologues.

Dante n'a pas été moins bien servi par ce qu'il avait vu et

retenu des contrées ou lointaines ou voisines, qu'il n'avait connues que par les récits des autres, ou qu'il avait visitées lui-même et vues de ses propres yeux.

Sans doute, il n'avait point foulé de son pied voyageur les sentiers du désert et les sables de la Libye, où foisonnent les plus hideux serpents; il n'avait point touché les bords glacés du Danube, ou gravi les froides montagnes de l'Esclavonie, passé l'Euphrate et le Tigre, traversé le Bosphore, admiré les digues de la Flandre, ou mesuré les monts de la Sicile.

Mais, né à Florence, il en connaissait tous les monuments, surtout cet escalier de Rubacond, ce baptistère de saint Jean-Baptiste, d'où il avait retiré un jeune enfant prêt à s'y noyer, etc., etc.

Il avait, dans ses voyages, parcouru l'Italie et la France; il avait vu à Rome la Basilique du Vatican, à Pise la Tour de Garisenda, à Montereggion le château avec ses fortifications. Il avait suivi le chemin escarpé entre Léris et Turbia, circulé dans les plaines d'Arles et de Pola; il avait pu contempler l'Adige et les ruines qui en encombraient le cours; la Cecina et ses bords infestés d'animaux sauvages; la Chiana et ses rives insalubres; Viterbe et ses eaux salutaires; l'Essa et ses pétrifications; le Pô et ses levées; l'Aquacheta et ses cascades; Chiassi et ses rivages couverts de forêts de sapins; il avait franchi les Alpes et leurs ombrages, et leurs neiges et leurs brouillards.

Du spectacle que présente la mer, Dante avait retenu plus d'une image. Sur cette Méditerranée, qu'il nomme la plus grande vallée où se répandent les flots, il avait vu surnager cette sorte d'écume vivante, être obscur et mal défini; il avait remarqué la barque accostant à la rive ou reculant pour s'en éloigner, la grandeur des voiles, leur affaissement sur le mât rompu, le mouvement subit du mât qui se redresse, les manœuvres obéissantes des rameurs; enfin la succession incessante des flots et de la houle qui gronde et mugit...

Et dans ces pérégrinations rétrospectives, son esprit ne refuse pas de lancer, en passant, des traits satiriques contre la propension du Germain à la boisson, contre l'impudicité des femmes des monts Barbarigia.

C'est que le Poëte n'était pas préoccupé seulement des objets matériels, et que la réflexion, l'étude, le savoir acquis, venaient aussi souvent à son secours. Si ce qu'il dit des phénomènes célestes tient plus de l'observation toute simple que du calcul, les sciences mathématiques lui avaient été ouvertes. Il mentionne quelque part la composition ou la décomposition des nombres; ailleurs, certaines propriétés des cercles et des triangles : enfin il signale cette progression formidable qui résulte de la multiplication successive, et par elle-même, des cases de l'échiquier.

Toutefois, c'est à une autre division des sciences mathématiques, à la physique proprement dite, et telle qu'on la connaissait de son temps, que Dante a eu recours davantage pour rendre sa pensée plus nette et plus saisissante à l'aide des comparaisons.

Alors n'étaient pas encore découvertes et comprises beaucoup de ces lois merveilleuses qui, on le sait mieux aujourd'hui, remplissent ou gouvernent le monde physique. L'étude des corps, des agents, des phénomènes qui résultent de leur action combinée, était moins avancée que de nos jours. Bien des choses parmi celles qui ne sont pas restées inexplicables aux investigations, étaient méconnues : même les effets visibles, à la portée des sens, n'étaient point, et ne pouvaient pas être aussi bien observés. Mais Dante savait tout ce que savaient ses contemporains, et il témoigne en mainte occasion de ce que ses yeux voyaient parfaitement dans l'ordre matériel.

Si l'attraction universelle et ses lois lui étaient inconnues, ainsi qu'à tout son siècle, Dante a su constater les différents effets de la pesanteur en un corps mort et abandonné à lui-même ou précipité par son poids au fond de l'eau, sur la voile manquant d'appui, sur l'eau plus vivement attirée vers un point donné, sur une balance trop chargée. Aux conséquences de la différence et de l'inégalité dans ces poids, il oppose d'autre part le contraste de la légèreté de la plume voltigeant dans les airs, et de l'écume tournoyant à la surface des eaux.

Il se serait étonné si l'impénétrabilité des corps n'était pas réelle : il a mesuré la force et la puissance de la vision à travers la transparence des flots de la mer : et dans un vase dont on frappe les bords, il a remarqué les mouvements concentriques du liquide.

Il a observé l'insensibilité que cause le froid excessif, et les dégagements de la vapeur que donne par ce froid une main mouillée ; il a rappelé la nature du feu, qui toujours mobile et sans repos, tend à s'élever, et celle de la flamme, inséparable du feu, et qui s'agite en ondulant sous le souffle du vent, tout comme le feuillage obéissant un moment à cette action, pour se relever aussitôt. Puis, il a décrit, en bon observateur, les effets de la combustion dans ce tison qui brûle et gémit, dans les choses cuites ou mouillées, dans les charbons éteints ou vivants et excités dont la chaleur unique se concentre et rayonne, dans le fer ou le verre bouillants, dans le papier qui noircit avant que la flamme le dévore, dans ces étincelles, ces bluettes qui s'échappent et s'élancent rapidement de tous côtés, ou par un simple contact, ou par le choc des objets enflammés.

Pour expression de la rapidité, devançant même l'émission d'un nombre, d'un mot, d'un soupir, Dante emploie la meule qui tourne, la bulle de savon dont l'eau s'épuise si vite, la flèche à son départ de l'arc, brisé par l'excès de la tension, qui vole et arrive au but avant qu'aient cessé les vibrations de la corde ; il applique encore la course furieuse des vents, toujours muables, poussant les navires, suscitant les tempêtes, déracinant les arbres, bouleversant tout, et exerçant surtout leurs ravages sur les sommets les plus élevés ; il a de plus ce battement instinctif des yeux, dont les mouvements ne peuvent être que simultanés.

Mais Dante revient plus fréquemment, comme expression suprême et comparative de la rapidité, à l'éclair, à la foudre. Ces phénomènes naturels, dus à l'électricité, que la science moderne ne s'est pas contentée de conjurer, qu'elle parvient tous les jours davantage à soumettre à sa volonté et à ses caprices, attirent particulièrement l'imagination du poëte ; par exemple, l'instantanéité des éclairs, la continuité de leur lumière, leur succession redoublée et incessante ; la chute imprévue et subite de la foudre fendant l'air, tombant au lieu de s'élever, brisant les nuages comme elle va briser les arbres ; le fracas du tonnerre, de ses coups successifs et répétés.

Il est bien d'autres jeux de la lumière, d'autres effets physiques que Dante a invoqués comparativement. Dans les cercles ténébreux de l'enfer, c'est à peine s'il voit l'inflammation instantanée d'une mèche, s'il aperçoit le fétu sous un verre transparent, ou si Virgile, ce guide chéri, se compare une fois métaphoriquement au verre garni de plomb, qui renvoie l'image des objets. Tandis que sur les contours de la montagne du Purgatoire, dans les cercles planétaires et lumineux du Paradis, au milieu de cet éther limpide et d'une mobilité continuelle, nous voyons à chaque instant, en compagnie du Poëte, les éclairs rapides et leurs traits éblouissants qu'accompagne la foudre et ses bruyants éclats. Nous entendons parler de la transparence de certains corps, l'albâtre et le verre ; ou de la faible couleur de la perle se détachant à peine sur la blancheur d'un front pur ; ou de la fidélité du miroir renvoyant la clarté des flambeaux, reproduisant les figures et les objets, de même que l'eau reproduit les coteaux de son rivage, quand les glaives tortus rendent inexactement ce qu'ils représentent. Nous suivons le rayon réfléchi dans un second qui ne l'égale point, ou tombant et remontant par un angle égal ou qui se réfracte en pénétrant dans l'eau, dans l'ambre, dans le cristal. Nous admirons le rayon qui succède au rayon, la lumière qui luit et redouble la lumière ; le soleil soulevant les atomes, se réfléchissant tout entier sur le métal le plus pur, faisant jouer ses feux sur les diamants, les rubis, au sein des ondes, se cachant lui-même par l'excès de son éclat. Là encore se déploie et se double, par la réfraction, cet arc céleste, gage du pacte que Dieu daigna faire avec Noé, et que les hommes, pendant qu'ils étaient aveuglés par les obscurités du paganisme, prenaient pour Iris la messagère de Junon, ornée quelquefois d'une double écharpe.

Monté sur ces sublimes hauteurs, le Poëte choisira aussi pour terme de ses comparaisons ce que nous appellerions des accidents météorologiques, c'est-à-dire, la pluie torrentielle, l'obscurité d'une nuit orageuse, les brouillards des montagnes, la neige à la blancheur sans égale, gelée ou liquéfiée, ou se fondant en vapeurs; la fureur des vents et les tremblements de terre; mais ce ne sera vraiment que pour établir des contrastes et des oppositions; ce sera pour écarter le voile que ces accidents passagers jettent sur la nature, et faire reparaître les objets un instant cachés; pour rendre à l'atmosphère, balayée et purifiée, toute sa sérénité; pour redresser le feuillage courbé sous les efforts impétueux des vents, et pour représenter le ciel dans le calme de son bonheur éternel.

De cette contemplation du ciel ou de la nature, Dante ne dédaigne pas d'abaisser ses regards sur les ouvrages sortis de la main des hommes. Des plus humbles, des plus grossiers, dus au marteau du forgeron, à la navette du tisserand, il passe à ces œuvres où l'art et le génie ont la plus grande part : tels que les enceintes fortifiées et tous leurs accessoires, ces horloges au mécanisme compliqué, ces riches tapis dont la Turquie offrait jadis les plus beaux modèles, ces cariatides que modela quelqu'un de ces sculpteurs, moins fameux que Polyclète, mis au-dessus de tous les autres.

Dante proclame ainsi la force et l'adresse puissante de la main de l'homme; il sait pourtant que cette main qui peut mieux que manier et amollir la cire, y imprimer quand elle est bonne et brûlante un cachet ineffaçable, est parfois inhabile et impuissante, avec tous les secours de l'art et du génie, à plier la matière au gré de ses efforts et des conceptions de l'esprit.

Appréciateur de tous les beaux-arts, Dante était sensible à la musique, la cultivait et possédait à un haut degré le sentiment musical. L'harmonie et la mélodie ne frappaient pas en vain son oreille, et leurs échos retentissent dans ses vers. Quand il allait avec les damnés, il n'a entendu que des sons discordants, des bruits affreux, des cris effroyables; parmi les espérances du Purgatoire, des voix fortes et sonores l'appellent et l'entraînent;

au milieu des joies du Paradis et des concerts sans fin de la Cour céleste, reviennent à la mémoire du Poëte-musicien, la formation des sons de la lyre et de la flûte; la mélodie des voix se mêlant aux voix qui s'unissent ou se séparent, mais sans s'égarer dans leurs accords au delà des règles de l'harmonie; le charme et la douceur des chants que soutiennent et accompagnent les instruments, surtout les orgues, enfin le juste et délicieux accord des paroles et de la musique.... de la musique impressionnant et ravissant ceux-là même qui n'en connaissent ni les règles, ni les secrets.

Et tandis que l'ouïe de Dante était ainsi charmée, ses yeux l'étaient aussi; sa vue n'avait plus à redouter l'aspect de ces maladies affreuses, dont la rencontre de quelques maudits lui avait suggéré l'occasion d'établir le diagnostic en médecin, les tourments et les ravages de la fièvre, l'hydropisie, la paralysie, le prurit incessant: de même qu'il avait dû se représenter, toujours pour comparer, et les horreurs des champs de bataille, et l'infection qu'exhalent les hôpitaux des pestiférés.

Les observations sur le monde physique, visible et matériel, ne forment qu'une partie des richesses accumulées par Dante, et qui rayonne autour de lui par ses comparaisons. Ses méditations sur la métaphysique et la philosophie, sur le monde moral et intellectuel, lui ont fourni une autre moisson au moins aussi abondante: car il avait observé, recueilli, étudié et analysé partout, depuis les mille incidents de la vie usuelle et ordinaire, les habitudes, les usages les plus communs, jusques aux mouvements instinctifs, aux sensations plus ou moins définies, aux sentiments énergiques ou délicats, aux passions douces ou violentes, jusques aux abstractions les plus élevées et les plus intimes de la pensée, aux agitations les plus pénétrantes de l'esprit et du cœur, en un mot, tout ce qu'embrasse la philosophie par toutes ses parties.

A la première branche de ces observations qui tiennent aux faits familiers, il faut rapporter, dans l'Enfer, ces manœuvres des cuisiniers armés de leurs fourchettes, et certaines dispositions de leur laboratoire culinaire; les préliminaires des combats entre athlètes ; l'agilité des coureurs à Vérone ; le mouvement en retour ascensionnel du plongeur ; la marche ordinaire des Frères mineurs allant à la quête, ou des processions nombreuses des pèlerins venus en grande affluence à Rome, pour le Jubilé, et forcés d'aller à la file ; l'attitude du moine, courbant sa tête pour saisir la confession de l'assassin que préoccupe moins le repentir de ses péchés que le moyen de différer la mort qui le menace.

Dans le Purgatoire, à ce même ordre d'idées, se rapporte l'aveugle suivant son guide, ou deux compagnons de cette même infortune se prêtant un mutuel appui, etc., etc.

Dans le Paradis, se range là aussi la description du pas lent et compassé de la jeune épouse suivie de son cortége ; de la jeune vierge entrant dans la danse pour honorer l'épousée et non pour exciter sa jalousie ; et de la femme charmante qui danse et chante tour à tour.

Comme on l'a justement enseigné, Dante a merveilleusement réussi dans la description des habitudes et des usages champêtres ; il fait poser sous nos yeux, comme ce peintre d'après nature, dont lui-même vante l'habileté, le paysan qui va fermer, d'un fagot d'épines, l'étroit sentier de la vallée ; les pasteurs se reposant groupés avec leurs chèvres aimées ; le berger se couchant sans autre abri que le ciel, au milieu de son troupeau. Ce sont là les comparaisons le plus souvent citées.

Mais il a peint, avec autant de fidélité, le pèlerin qui va, armé seulement de son bourdon, ou qui revient avec bonheur sur ses pas ; le guide qui s'arrête et écoute avec attention avant de s'aventurer devant le danger ; le messager qui court, arrive et rassemble autour de lui la foule avide de nouvelles ; l'orateur qui, lui aussi, sait se faire écouter, qui poursuit son discours sans l'interrompre jamais, et qui réserve pour la fin le plus décisif de ses arguments. Il a peint avec le même bonheur l'enfant que séduit le fruit qui lui fait envie ; le joueur heureux entouré de félicitations, et que charme son bonheur éphémère ; l'amiral exhortant ses matelots et ses soldats à songer que la patrie compte que chacun fera son devoir ; une troupe manœuvrant et pivotant, couverte de ses boucliers; d'autres, obéissant pour leurs évolutions aux signaux les plus divers Enfin, dans ces comparaisons poétiques, un cavalier sort des rangs, s'élance dans la plaine pour braver l'ennemi et être le premier à combattre; un triomphateur porté sur son char, s'enivre de sa gloire, tandis que nous pouvons lire sur les tombeaux ces vaines inscriptions par qui l'homme veut échapper au néant de la terre, et à qui vont inévitablement aboutir les grandeurs et les vanités humaines.

A la seconde branche des observations que nous parcourons, c'est-à-dire, aux effets naturels et presque involontaires qui se manifestent, viennent se rattacher tout d'abord les mouvements instinctifs et si prompts qu'ils semblent précéder la volonté et l'impulsion de l'âme.

Dans cette catégorie se placent le geste de la main portée devant les yeux pour mieux voir au loin ; ces regards curieux que s'adressent réciproquement les promeneurs à la clarté incertaine de la lune, ou dont s'interrogent sur la route les voyageurs qui se joignent, ou bien encore ce coup-d'œil d'intelligence et d'approbation qu'échangent entre elles deux personnes entendant dire ce qui leur paraît la vérité ; peut-être enfin le regard fixe du tailleur au chas de son aiguille, ou l'empressement convulsif du valet qui panse son cheval et fait attendre son maître.

Mais venons à ce qui touche aux observations ou aux études morales et philosophiques reflétées si fréquemment dans les comparaisons employées par Dante, et laissons à l'écart ce qui ne rentre pas dans notre sujet, j'entends ces longues dissertations, ces exposés de philosophie et de théologie, ou de cette scolastique traitée si mal par la critique, et dont les obscurités avouées n'éteignent pourtant pas les beautés palpables.

Ici, il faut presque désespérer de passer en revue, et avec un peu d'ordre, le nombre infini d'images vives, gracieuses, profondes ou délicates qui pénètrent dans les replis du cœur de l'homme, analysent et mettent en plein jour les agitations de son esprit, les mouvements ou réfléchis ou spontanés de son âme, comme ces désirs que trahissent les regards, ces sensations intérieures dont les yeux deviennent les miroirs fidèles et parfois indiscrets.

Tantôt le Poëte s'appuie de ce doute qui provient de l'incertitude d'un parti à prendre, d'une route à choisir, de l'hésitation entre deux désirs égaux, de l'étonnement qui va par l'excès jusqu'à faire rejeter en arrière, des défauts de l'intelligence de l'auditeur, d'un fait que l'on subit à son insu, telle qu'une chose portée sur la tête sans le savoir.

Tantôt il dépeint l'excitation d'un homme marchant vers un but désiré, ou l'élan irréfléchi d'une mère éveillée en sursaut et arrachant son fils aux flammes d'un incendie.

En maints passages, Dante a retracé ces sensations purement physiques que l'âme perçoit par les sens : ce sont les effets de la faim, de la lassitude, du tremblement nerveux qui détache un objet de la main, qui trahit les efforts de l'artiste le plus habile; de l'accablement que cause le sommeil ou les rêves qui écrasent sous un fardeau imaginaire; de la maladie qui retient et agite sur une triste couche; des éblouissements causés par une lumière trop vive ou soudaine, ou imprévue, et amenant un réveil subit.

Quant aux émotions intimes de l'âme, à ces impressions, à ces sensations qu'elle reçoit de tout ce qui nous environne et nous frappe avec plus ou moins de force, en produisant sur elle des effets variés, nous pouvons ranger par classes celles dont le poëme est parsemé.

Parmi les émotions que l'on redouterait de sentir ou de contempler, que verra-t-on ?

C'est le plaisir mêlé d'effroi qu'éprouve l'homme échappé aux flots de la mer, et qui se retourne vers le gouffre dont il est à peine sorti;

C'est la crainte du voyageur égaré ou qui croit l'être;

C'est cet instinct de conservation qui fait fuir un danger imminent et trop prévu;

C'est la tristesse profonde qu'inspire une déception;

C'est l'avidité, si mauvaise conseillère et qui excite la gourmandise des enfants;

C'est l'exaltation fiévreuse que fait naître un avis soudain, ou le trouble de celui qui s'entend annoncer les malheurs de sa future destinée ;

Ce sont les terreurs d'une garnison qui s'est rendue à l'ennemi, ou d'un villageois désolé à l'aspect d'un hiver trop prolongé ;

C'est encore l'amertume des souvenirs qui mêle les larmes aux discours ; le désespoir du joueur qui voit son gain s'évanouir ; la peur du timide enfant qui se sauve dans le giron maternel, son asile préféré ; l'effroi d'une mère voyant son fils en péril ; le froid glacial de celui que l'on mène au trépas ; ou, enfin, l'angoisse épouvantable du malheureux condamné qui voit sous ses yeux creuser sa propre tombe.

Parmi les impressions moins redoutables, les sentiments moins pénibles, quoique peu durables, les comparaisons nous citent :

L'attente du danger, devenant moins cruelle par la prévision ;

Le laisser aller rêveur, dû à une douce oisiveté ;

L'espoir déçu par la découverte d'une erreur ;

La honte d'une femme honnête qui, par pudeur, rougit du crime d'une autre ;

La timidité d'un enfant exposé à des reproches ;

La sollicitude inquiète d'une mère qui se sent offensée ;

La satiété pour une chose, mais qui permet d'autres désirs ;

Les regrets éprouvés par deux amis prêts à se séparer ;

La rêverie qu'entraînent ou des soucis cuisants, ou de vagues pensées, ou cette somnolence, qui n'est ni le sommeil, ni le réveil après les songes du matin, même quand le songe, à demi effacé, ne laisse que de faibles traces qu'on veut en vain ressaisir, mais qui impressionnent encore ;

Enfin, cette mélancolie que donne le souvenir de la patrie et des tendres adieux à l'heure où la cloche lointaine semble pleurer le jour qui va mourir.

Parmi les émotions moins amères, les sentiments ou tendres ou agréables, les comparaisons de la Divine Comédie retracent :

Cet état de l'âme dont toutes les facultés sont absorbées dans une seule pensée, ou que domine un sentiment de préférence;

Le désir que n'éteint pas le doute, ou dont l'aiguillon émeut, et n'est pas sans charme;

Le mol abandon ressenti à la descente d'un fleuve, image de la vie;

L'empressement à écouter les bonnes nouvelles qu'apporte un heureux messager;

La sage prévoyance du travailleur;

La douce agitation du voyageur qui, au retour s'approche de sa demeure, ou du pèlerin qui rentre dans sa patrie;

La surprise aimable que vient occasionner une chose extraordinaire;

L'étonnement et l'admiration d'un montagnard ou des barbares transportés au sein d'une grande ville et au milieu des merveilles d'une civilisation avancée;

La pieuse préoccupation d'un pèlerin qui, déposant son offrande, regarde avec attention, pour garder le souvenir du temple où il est venu s'agenouiller;

Enfin, la foi profonde et satisfaite du fidèle qui contemple avec amour les traits que la tradition attribue à la figure humaine du Sauveur du monde.

En complétant cette énumération des sentiments et des sensations que Dante a mis dans ses comparaisons, nous y trouverons :

Le respect qui incline la tête de l'élève devant le maître, de l'inférieur devant le supérieur, ou qui impose le silence de la discrétion;

Le contentement que donne l'espoir, malgré ce désir tel qu'il n'a rien d'importun;

Le plaisir de faire céder sa propre volonté à celle d'un autre, de faire le bien pour lui-même, ou de voir ce bien s'accroître et grandir par la vertu;

La satisfaction ardente de l'élève qui se sent capable de répondre et de briller devant ses maîtres;

Le bonheur d'apprendre une bonne nouvelle de la bouche d'un serviteur aimé ;

La joie d'une femme qui aime et chante par amour ;

La gaieté qui trouve en elle-même son aliment ,

Et la tendre douceur d'un bon père de famille.

Ce dernier sentiment , cette profonde tendresse paternelle, Dante a dû en connaître, en ressentir toute l'énergique étendue. Il aima sa Béatrix de cet amour pur et dégagé de tout alliage matériel, de tout attachement terrestre ; il a poétisé, il a même divinisé cette maîtresse chastement adorée : mais, malgré cette passion platonique , il ne resta pas insensible à des liens moins spirituels et qui tenaient plus de la nature humaine. Epoux d'une autre femme, il en eut de nombreux enfants et il les aima de toutes les forces de son cœur. On acquiert cette conviction , non pas seulement en lisant la manière sublime dont il a décrit les horribles tortures paternelles d'Ugolin ; mais encore et bien mieux en voyant les images gracieuses, les comparaisons intéressantes tirées de l'enfant au berceau. Nous en avons déjà cité quelques-unes ; ajoutons ces peintures charmantes de l'enfant allaité et qui quitte le sein pour regarder tendrement sa mère, ou pour essayer de bégayer ses premiers mots ; de l'enfant qui balbutie et parvient à peine à se faire comprendre ; de celui qui dans son caprice, et quoique mourant de faim , repousse sa nourrice ; de celui qui, réveillé plus tard que de coutume, se jette avec avidité sur les sources de la vie.

Arrêtons ici l'aperçu général des idées de toute sorte exprimées dans les comparaisons que contient la Divine Comédie. Par cet essai de nomenclature dont il eût été peut-être malaisé de sauver mieux l'aridité, mais où tous les mots pour ainsi dire découlent du sujet, l'énumération n'est pas sans doute complète, et bien des choses ont échappé ou forcément ou volontairement. Après avoir ainsi démontré plus que suffisamment, en cette partie des détails, le caractère encyclopédique de l'œuvre, il y aurait à en faire ressortir et à en analyser le mérite et les beautés, comme la vérité et la justesse. Mais ce serait à l'infini, car il y aurait à rapprocher toutes ces comparaisons des faits et des objets qui les ont motivées, à discuter quelquefois, et la plupart du temps à admirer les procédés du Poëte.

Il n'est pas sûr, je ne craindrai pas de le consigner dans ces pages, que le bon goût et l'à-propos aient été toujours et absolument respectés dans le choix de ces comparaisons multipliées. Il en est de tous genres, depuis le plus relevé et le plus sublime jusques au plus trivial et au plus bas ; il en est dont le sens et l'analogie paraissent un peu forcés, dont l'expression est par trop commune et proverbiale, dont la portée, quoique vraie, n'est pas élégante. Pourtant on se sent disposé et entraîné à les pardonner et à les admettre ; même quand le Poëte parle de l'ampleur de la robe qui doit se mesurer sur le drap à découper, de certaine tête qui en couvre une autre comme un chapeau. On n'a plus, tant s'en faut, à excuser quand il certifie que la noblesse se raccourcit vite comme un manteau, si elle n'est pas entretenue par le mérite ; ou quand il montre cette tête tranchée que le damné décapité porte en guise de lanterne et élève à la hauteur de son cou, pour répondre à la question qui lui a été adressée.

Ira-t-on minutieusement rechercher, pour les blâmer, celles de ces comparaisons que peut-être l'on aimerait mieux ne pas rencontrer, mais que néanmoins l'on consentirait difficilement à rayer des vers où elles figurent ? Non sans doute : qui n'accorde pas sans peine au génie et des licences et des priviléges ? Qui n'est pas porté à lui tout concéder, lorsque de sa baguette enchantée ce magicien embellit tout ce qu'il touche et amoindrit si heureusement les taches et les inégalités. Cette baguette magique et enchanteresse que Dante tient d'une main si habile et si saisissante, c'est son style, où s'étalent à l'envi l'audace et la grâce, la force et la douceur, la vigueur et la souplesse, en un mot, le bonheur constant de l'expression vraie, juste, animée, pittoresque, brillante et colorée des teintes les plus diverses, suivant les lieux et le sujet ; ici de l'énergie la plus sombre et la plus infernale, là de l'éclat le plus vif et le plus céleste. Les preuves abondent ; il faudrait tout citer et tout relire. Ces qualités incomparables du style se produisent déjà dans les similitudes fugitives qui n'ont qu'un ou deux vers ; elles deviennent plus grandes dans les comparaisons qui remplissent un tercet ou davantage ; mais ces admirables qualités resplendissent surtout dans les comparaisons que le Poëte s'est attaché à amplifier. Celles-là forment des tableaux complets, où ne font jamais défaut, ni la pompe et la magie des mots, ni la vérité de la composition et du dessin, ni la grandeur des images, ni la vivacité des couleurs, ni la justesse de la pensée et des analogies. Ce sont des morceaux achevés, et qui suffiraient à eux seuls pour faire briller à jamais la couronne poétique où ils sont rassemblés.

Là, en écoutant l'enchanteur, comme cet aveugle dont il est question quelque part, et qui, à défaut de la vue, est guidé par l'ouïe, nous serons émerveillés par l'harmonie des beaux vers, et sans voir nous croirons avoir devant les yeux ce qu'il peint avec tant de perfection.

Puis, nous jugerons l'œuvre d'autant plus séduisante, que nous y découvrirons le cœur de l'ouvrier. Quand même l'intelligence entière du but et des secrets du Poëte resteraient quelquefois un mystère impénétrable ; quand même nous serions pareils à celui qui, entendant le mot de la science, a besoin du maître pour en sonder et en pénétrer les profondeurs, nous serons séduits par la forme et ravis par l'expression. Pour notre esprit charmé, ces beautés sont semblables à ce sourire de Béatrix, vu si divin par l'amant, qu'il s'écrie : que, « perdu même au milieu des flammes, il aurait du bonheur à contempler la céleste et souriante créature. »

Qui voudra s'évertuer encore, pour les détails comme pour l'ensemble, à établir des parallèles et à mettre en regard le poëme de Dante avec ceux d'Homère, de Virgile, du Tasse et des autres épiques ? Personne ; car ce serait vouloir comparer ce qui ne saurait l'être sous aucun rapport. Dante ne ressemble qu'à lui-même. Il aimait par-dessus tous Virgile, qu'il avait pris pour son maître chéri, dont il aurait pu réciter les vers du premier au dernier, et qu'il n'a pas cependant servilement copié ou imité. Importe-t-il, en aucune manière, que la Divine

Comédie ne soit pas, quant à sa structure et à ses formes, taillée sur le patron des autres grands poëmes ? Pouvait-elle, et devait-elle être ainsi édifiée ? Certes, si Dante, ne cédant pas à l'intuition de son intelligence, à ses inspirations personnelles, à son génie particulier, aux mouvements de son époque, avait calqué son poëme sur l'Iliade ou l'Enéide, il n'eût pas manqué de critiques pour lui nier toute originalité et pour lui adresser les reproches qui n'ont pas été épargnés à Virgile, au Tasse et à bien d'antres.

Mais, prolonger cette discussion, ce serait aller au delà du terme que j'ai eu le dessein de ne pas franchir. Pour l'exécution imparfaite de cette étude, je suis tout disposé, en terminant, à me faire l'application de ces autres comparaisons que Dante a prises, et de l'artiste qui sent qu'il ne lui est pas possible de dépasser certaines limites, et de l'auteur qui est écrasé par la grandeur du sujet qu'il a vainement entrepris de traiter.

TOULOUSE, IMPRIMERIE DE DOULADOURE FRÈRES.

www.ingramcontent.com/pod-product-compliance
Lightning Source LLC
LaVergne TN
LVHW052021160826
845678LV00003B/1148

* 9 7 8 2 3 2 9 6 4 6 4 1 1 *